黄金の月

門倉まさる歌集

短歌研究社

黄金の月　もくじ

黄金の月出でにけり　5
制服の白きアオザイ　25
砂漠にも砂の陰あり　42
熊さんも猫も子犬も　56
青虫に青虫の神　78
懸命に走れば我が身　84
ストレスの色は何色　91

亀ぷくぷく手足動かし　94
頬鳴らし孔雀を呼べば　111
左巻き右巻きそして　126
長靴に空蟬残し　144
転ぶかと見えし青鷺　159
絶滅の危惧の狼　175
猿の面猿つけ踊る　188
あとがき　205

黄金の月

黄金の月出でにけり

黄金の月出でにけり金閣寺遠山桜の杉戸絵のなか

寂しくてその寂しさが大好きで羅城門跡また来た日暮れ
牛車《ぎっしゃ》引く力は牛に無いという人あまた押す人力牛車

雪踏めば雪透き通り麗しき玉砂利見ゆる下鴨神社
抱一《ほういつ》の絵に見し淡き輪郭の月浮かびけりああ森は海

僧形《そうぎょう》の清盛坐像経を見る黄泉《よみ》の国でも覗《のぞ》く眼をして
心まで透きとおりくる風すずし拝殿いでて竹生島《ちくぶじま》見ゆ

本降りとなりたる雨に蓑垣の蓑生き生きとなりにけるかも

方丈記書きたるあたり日野山の雑木まばらに月昼を行く

不退寺《ふたいじ》の業平像は若々し　ちょっと横向くふくよかな顔
てのひらに載せてみたいな室生寺の五重塔が眼下に見える

青鷺も岩の一部にとりこんで四万十川の水澄みわたる
咳をしても一人と詠みし詩人あり無季自由律咳に似たるや

隠岐サザエ隠岐イカ隠岐米隠岐カモメ隠岐の名多き隠岐島なる
スズメダイ雀群れたるごとくにも鰭《ひれ》チカチカと出して泳ぎぬ

吟行のわれら励まし隠岐人の隠岐の焼き牡蠣隠岐の烏賊飯

夜神楽《かぐら》の神荒々し猛々し八岐《やまた》の大蛇《おろち》しのぐばかりに

夜神楽の荒ぶる神のまきくれし小さき餅のやわらかきかな
天地《あめつち》のとどろきたりし夜神楽の終わりてみれば八畳の部屋

いにしえの荒ぶる神を鎮めんと剣埋めにしか荒神の谷
銅鐸は銅にてあれば柔らかく響きしならんいにしえの空

地下足袋に素足《すあし》の跡もまじりおり三輪山の道雨降りしきる

二千住む人間よりは百頭の山猫大事と客を笑わす

山猫は胴長にして短足と言われたちまち好きになりたり

崖下りて清らかな海に会いにけり岩嚙む波の鮮やかな白

減ったという話増えたという話　謎は奄美の黒き野兎

日の暮れの虹は半身光らせて空むらさきに溶けてゆきたり

満開の河津桜と菜の花のあわいにありて人間の春

枕二つ枕にしたる上等の宿はなかなか寝付かれぬもの

考えに考え選んだはずなのにまたも土産は平凡なもの

ぼそぼそと小さな声で話しつつ夫婦とわかる電車の二人

雲の影時速四十三キロで移動しておりわれの車と
泊り客男ばかりと知りにけり朝の食事に顔を合わせて

降りたるはわれ一人なる渋民の駅より仰ぐ雪の岩手富士

啄木の住みたる二階寒々と屋根勾配の中にありけり

鳳凰の浮き彫りのあるストーブは薪をいっぱい食べて元気だ

函館の丘の吹雪に凍えつつ声無き猫の生きているなり

大根と葱を抱えて歩む人　我が家と同じか今夜の食事

猛吹雪顔で受け止め最上川　船頭さんの舵無心なり

制服の白きアオザイ

制服の白きアオザイ女子高生それぞれ白の刺繍異なり

スリランカの茶摘み娘のサリーにもファッションありや青きが目立つ
鴉との戦《いくさ》終わりてジャングルは大蝙蝠の空となりたり

木々高く紅い花あり地にもまた紅い花あり廃屋の庭

青蔵鉄路開通早々乗車する　駅のレールの匂い新鮮

黒きヤク数多《あまた》なる中白きヤク輝き見ゆる列車の窓に

黒きヤク全速力で駆けてきてチベット高原夜迫りくる

落日を抱きて海は刻々と波を生みだす波寄せて来る
日輪の出ずれば海はひれ伏すがごとく小さな波に変わりぬ

自由なる身として薊《あざみ》食らうとき駱駝の眼《まなこ》茶の輝けり

塩運ぶトロッコ乗ればゆれゆれて塩の香りとわれもなりたり

臙脂色《えんじいろ》の風吹き抜けてゆきにけりチベットの寺若き僧たち
ヤク歩む肩の筋肉堂々と腰の動きも黒光りして

チベットに滞在十日陽に焼けてチベット人の顔に似てきた

直角のような崖をも駆け上りヤクが見下ろす小さなわたし

真四角の五色の紙のひるがえり輝き上るチベットの空
咳すれば痛みが腰をはしるなりチベットの寺高所が多し

ほとんどが野菜なりける朝市の桶に鯰の泳ぐ悠々

長白山天池《てんち》を見んと登りたれば山埋め尽くす韓国言語

チベットの吉祥天は憤然たる顔黒ぐろとわれを見おろす

星青く瞬き始め岩陰に野生のヤクは身を横たえる

大鍋にブロッコリーをゆでていたあのラサの寺封鎖されしと
トロッコの車輪線路に合わぬらし塩こぼしつつゆらゆらと行く

パスポート透き通るほど調べられ許されたりきポタラ入場

韓国語読むが遅くてまたバスに逃げられにけり慶州の旅

日本人より美しき日本語を話す彼らよ誰《た》が教えたる
国境の駅を出ずれば北京へと向かう列車に歓声あがる

外国のお金が交じっていましたと外国で言われる日本のお金
鼻取れた象の置物豚に似て眼の優しさも豚に似ている

くたびれてひっくりかえっている庭師右手の鋏開きたるまま
人間の方がきれいに手を洗いパンダを抱いて写真撮るなり

真夜中の二時をまわりて不時着の機内全員目覚めておりぬ

ガンジスで泳ぎたる後案内の少年我を友だちと呼ぶ

砂漠にも砂の陰あり

砂漠にも砂の陰ありその陰を探し憩いてまた旅をする

銀河には銀河の香り砂漠なる無人の駅は灯の一つ無く
アルジェ駅背にして右の坂上りカスバの奥の宿に泊まりつ

アルジェなるカスバの宿は日もささずとなりの家の咳聞こえくる

小さき瓶　旅の記念の赤い砂　サハラだったかヌビアだったか

若き日のサハラの旅は種赤きサボテンの実の甘き思い出
コスモスのモスクに似合う白淡し礼拝の人居らぬひととき

カシュガルの職人街の賑わいは手づくりの楽器手づくりの柩《ひつぎ》
トルファンの小さき床屋の髪型は短し暮れてなお暑ければ

七千の高さ超えねば名前などつかぬと言われ名なき山見る

玄奘《げんじょう》の旅寝重ねし道歩む　一足一足砂沈むなり

白羊蒼き羊と色による差別はありや砂漠ゆく群れ

サボテンの高き垣根の小さき家見えてそれより砂漠となりぬ

日本語が上手ですねと褒めらるるジブラルタルの夜の船の旅
モロッコの海に入る日は大きくて海柔らかく弾みたりけり

水面に河馬の親子が鼻出してアフリカの陽が鼻にかがやく

うたた寝の河馬不覚にも漂いて落つるもあらんアフリカの滝

国境を軽くまたいで虹が立つ雨また雨のあいまアフリカ
満月の夜に立つ虹は滝の底寝転ぶごとく現われにけり

ライオンも象もキリンも尻ばかり見てアフリカのサファリ終えたり

待たされてまた待たされて機内二時間怒濤のごとく飛行機昇る

厳寒のマッキンリーが下に見え氷鋭き槍衾《やりぶすま》なる

プラハなる路面電車の終点はレールが円となりて戻り来《く》

「叫び」とのムンクの絵なる本物はうつろなる眼の奥ぞかなしき
画家の眼にはかく映りしや糸杉の大きくゆがみ空も波うつ

トナカイは角《つの》にみどりの苔生えて旅人われを迎えてくれぬ
白ひげの旅の僧侶のごとくにもアルパカは来る　マチュピチュの道

熊さんも猫も子犬も

熊さんも猫も子犬も頭からなめて赤児は育ちゆくらし

寝返りも上手になりて泣き寝入り大人の性《さが》を児はすでに持ち

幼児《おさなご》の逆立ちすればにこにこと足の裏にも顔あるごとし

細き枝からませカリン芽吹き初め赤児は目覚むガラス戸の中

我がひざに大の字に寝る女の子孫という名の小さき生き物

おすわりが出来て両手が自由なり折り紙ほどく積み木を崩す

弟と姉喧嘩せり泣きだせり良かった良かった風邪がなおった

板の間にしばらく遊び孫娘冷えびえとして膝に乗りくる

クワガタを森へ還して横浜へ四歳の孫は帰りゆきたり

孫娘自ら種を蒔きしなり口いっぱいに食うブロッコリー

どどどどと駆けおりてくる孫娘　壁に張りつき難を逃れる

たった二本の足さえズボンはかせまちがえ　孫もし蛸ならいかにせましや
帰りくる母の足音それと聞き赤児たちまち泣きやみにけり

我が鼻をとつぜん摑む早業の身につきて赤児六か月なり

子守唄自分で歌い寝入りたり赤児背中に重くなりつつ

逆上がり出来て一つの坂を越え逆さなる世を幼児は知る
くたびれたトシだと言いて孫娘横になりたりわれのごとくに

横浜へ帰りしはずの孫に似て森駆けめぐる少年に会う
朝の四時越後の兄の散歩する上州のわれもそのころ目覚む

この家を継ぐはずだった兄が来て宿泊せずに帰りゆきたり

みまかりし祖母の真夜中外に出て荒地野菊を手折りて来たり

母子草花咲く墓を清めけり母みまかりし歳となりたり

死ぬのもなあよういじゃねえなあとつぶやきてその夜のうちに義母《はは》みまかりぬ

戦死せし夫の遺骨無き墓に義母《はは》九十で入りたまいけり

白萩の風に埋もれし無住寺の元栓開けて水汲みにけり

病院に姉を見舞えば兄はすでに来ていてすぐに弟も来ぬ

亡き兄と働きたるは烏川護岸工事のこがらし荒《すさ》ぶ

高校の二年となりし孫なれば　太き指にて焼香をする

おじちゃんはもう来ないよね死んだから　家に着くなり幼児が言う

亡くなるという必然を前にして父と娘の二日二晩
カーテンの橙色が明るくて霊安室のわずかなる風

かき氷兄におごりてもらいたり兄あるうれしと思いつるかな

小学校二年のわたしに獲れるのは蛙くらいで蛙を食べた

汁の中南瓜浮かんでいたりけりハリガネだった若きあのころ

逆上がり初めて出来しうれしさよ空の深さもそのときに見き

荒涼の砂漠のような胃と言わる　コンドルなども飛んでいたるや
わが腎臓育てたる石十ミリの砲弾型のこの茶褐色

初舞台青のドーラン塗りたくりわが立ちたるは死神の役

夢無くて浅間の噴火待ち望むそんな青春だったなわれも

たとうればわが青春はギザギザのワイヤロープの粗《あら》き切り口

泳ぎ下手父もわたしも孫も子も使いこなせぬ裏と表と

孫水に落ちて帰りぬその父もそのまた父も落ちた川なり

わがうしろすがたを見つつ育ちたる息子は飲まず酒というもの

青虫に青虫の神

青虫に青虫の神いるらしきキャベツと同じ色に見落とす

雨降れば雨を喜び陽の射せば陽を喜びて草生い茂る

曲がろうか直になろうか胡瓜たち考えながら育ちくるらし

トマト採る仕事をしたる夢を見ぬこのごろトマト高くなりたり

三つ鍬を四つ鍬に換え畑を打つ軽きリズムに腰も楽なり

てのひらの畑なれども堆肥入れ鍬をふるえば豊かなる土

青鬼のような顔にもなり居らん青虫を摘みまた青虫を摘む

わが家のレタス寒さにへたばって蛸が座っているように見ゆ

草はなぜ風邪を引かぬか疲れぬか耕せばすぐ芽を出してくる

青虫がキャベツの家に棲んでいる　家を食べ食べ青虫育つ

にがうりは畑たちまち覆いたりつぎつぎ実る猛暑の恵み

懸命に走れば我が身

懸命に走れば我が身宙にうく一瞬ありてテープ切りたり

首に巻くタオルの色もとりどりにわがふるさとの長距離競走
手の振りはさまざまなれど肩を軸にリズム安定一流走者

うつし身は濡るるものなれ土砂降りの雨を横切りプールへ通う

子ら泳ぐ波の小さくなりにけり休憩時間迫りたるらし

ビート板足に挟みて子ら泳ぐ姿さながら鮫の行列

夕暮れのプール明かりがつくまでの暗さのなかの水のかがやき

クロールで長く泳げば水の底明るくなりて灯のともりたる

自堕落《じだらく》に泳げばわれは水となり水のあわいをすりぬけてゆく

きさらぎの室内プールはただ一人大の字に浮き雪山を見る
リハビリにプール歩めば窓の外赤城が見えて赤城の話題

午後六時仕事帰りの人々の入りきたればプール沸き立つ

波さえも立たぬ齢《よわい》となりにけり蛙泳ぎの遅々と進まず

ストレスの色は何色

ストレスの色は何色定年となりて思えばよくぞ耐えたる

ていねいに黒板を消しふりかえる　二度と立たない教壇の上
定年のその日の朝もサッカー部野球の子らと走りいたるも

わたくしが誰の部下かは知らねどもわたくしの下に部下は居ざりき

定年となりて月日はたちまちに過ぎて五度目の秋立ちにけり

亀ぷくぷく手足動かし

亀ぷくぷく手足動かし動かして水はまったく動こうとせず

荒涼の河原とみれば青鷺の一羽わたしに尻向けて立つ
青鷺は岩となりたりわれもまた古木となりてしばし静寂

青鷺の糞散らしつつゆくさまは空飛ぶ恐竜太古のごとし

台風のまだ過ぎやらぬ風の原蜻蛉ぎっしり現れにけり

万緑の森背景に群がれば蜻蛉は海の生き物に似る

動くもの詠むは難し蜻蛉らの渦巻き銀河楕円に流る

羽の振れ大きくなって赤蜻蛉秋の終わりを予感するらし

一枚の木の葉が風に飛んで来て着地したのはセグロセキレイ

老木の「ハチに注意」の看板は実はクワガタカブトの棲家
注意札赤文字薄れスズメバチ飛ばぬ寒さとなりにけるかな

昼どきの暑さを避けて木下闇《こしたやみ》鴉も我とともに入りたり

鴉みな斜めに止まり序列などあるがごとくに小さきが下

一日の疲れを羽に乗せたるがごとく鴉の下がりつつ飛ぶ
アーアーとKの字抜けて鳴きたるは疲れて帰る鴉なりけり

鴉二羽われの頭上をかすめゆく叫び合えるは恋に狂うか
数多く羽打ち振れど朝焼けの空背景に鴉進まず

実体と影は同じか鴉五羽たたずみたれば影がたたずむ
いっぺんに二羽を襲うは出来ぬなり鴉の群れは鷹を恐れず

飛び上がり頭蹴る蹴る飛び上がり頭蹴る蹴る鴉のいじめ

鴉一羽すれ違いたり振り向けば鴉も首をかしげておりぬ

平泳ぎのように大気をかき分けて鴉飛び来る森の冷え込み
大声を発して散らぬ鴉らが咳をしたれば逃げてゆきたり

坂道の上は秋晴れ胸立てて鴉が一羽横切りにけり

花の枝鴉くわえて飛びたてば他の鴉もその花を追う

酒飲めばわが身は軽く夢のよう森の鴉と空に遊ばん

冬の木に透けて　紅《くれない》薄明かり目覚めし鳥の一羽飛びくる

われすでに人畜無害群れ鳥の逃げず尻向け餌を拾うなり
握り飯立ち食いせんと手に持てば雀寄りきて我を見上ぐる

樫の木の根元ばかりに日のあたり蟻の一匹光りたるかな
青銅の巨大な馬の尻尾より蟻の一匹登りつつあり

蜘蛛の巣の十重《とえ》二十重《はたえ》なる森のなか蜘蛛とてさびしきものやひとりは
上段の蜘蛛の太りてある見れば上のほうこそ獲物多きや

頬鳴らし孔雀を呼べば

頬鳴らし孔雀を呼べばウコッケイ三羽そろって尻に付き来る

くねくねと首の動きは蛇に似て鳳凰孔雀正面に来る

足上げて首のうしろを掻くときも孔雀は梁を降りようとせず

青孔雀羽懸命に開けども老いしつれあい梁に眠れる

背中よりバネあるごとく飛び出して孔雀の頭われを見つめる

野の孔雀どんな楽しみ方あらん檻の孔雀はただ眠るのみ
梁の上距離が次第に縮まって孔雀夫婦に春来たるらし

眠りつづけ眠りつづけて檻の中青き孔雀は青く死にたり

雄いなくなりたる檻にただ一羽孔雀は産みぬ鈍色《にびいろ》の卵《らん》

荒涼の河原にひとり棲む鶏《とり》に会わんと急ぐ霜の道なり
片足を上げて鶏油断せず　攻撃ならず逃げる所作なり

荒涼の河原鶏棲みたればいつのまにやらつれあいが居る
捨てられた身の上をまだ悟らざり子猫四匹弾み弾みて

この森に生まれた猫は甘えない　捨てられて来た猫だけが泣く

猫は地に鴉は梢鳴き満ちて恋の季節の森は騒然

白猫の跳び下りたれば白き色少し遅れて着地をしたり

捨てられた生き物どうし結ばれて金の眼《まなこ》の猫生まれけり

餌をやる人また増えて森の中猫まんまるの顔になりたり

鏡さえわたしの顔を間違えて猫を映しぬ　真っ暗な猫

捨てられしものの中からまたさらに追われたる猫裏門に棲む
猫たちに餌をやるなの貼り紙の前に昼寝の猫肥えており

音高く泥水の入る排水溝ここは子猫の棲んでいた家

茶色猫落葉の中にうずくまり老後のごとく静かなりけり

飛び上がり弾み弾んで子猫たち生きているのがうれしくてうれしくて

木は曲がりたるこそよけれ曲がりたる下に猫の子雨宿りして

目の色で親も識別するならん黒猫姉妹瑠璃玻璃瑪瑙
置物のごとく狸は動かざりわれの動きを眼で追いながら

狸には餌をやるなの看板の朽ちて狸も出なくなりたり

青孔雀三たび産みたる鈍《にび》いろの卵はついに孵《かえ》らざりけり

左巻き右巻きそして

左巻き右巻きそして崩れ巻き日陰ねじ花白と桃色

羽広げ歩く姿の孔雀にも似て紫の山茶花は咲く

物思いにふけりて椅子に座す少女出口出るとき彫刻と知る

さくさくと沈む落葉はケヤキのみ見上げればケヤキ一本も無く

青銅の馬のみ冬のいろなるにひづめのあたり蒲公英《たんぽぽ》の咲く

骨だけとなりし団扇《うちわ》の濡れそぼつ森の奥にも人来たるらし
森の奥日あたるところひとところ坂道なりて日も斜めなり

森の中紅葉の木ばかり有るところ曇りなれどもここは明るく
樫の木に新芽出ずればその真下青銅の馬の暗さが目立つ

立ち入りの禁止面積広がりて今朝も新たなまわり道あり
捨てられたごみ見るはいや捨てるなの赤い字もいや森の深きに

後ろから誰かが来ると思ったら自分の踏んだ落葉の音だ

一本の百日紅《さるすべり》あり花咲けば森新しき朝となりたり

森暗し　曇天なればなお暗し　旅人のごとくどんぐりを踏む
青銅の馬をみどりに濡らしつつ日輪すでに昇りて居りぬ

樫の木の青き中より生まれ出で立ちたるごとく青き馬あり
乙女らは薄き緑を身に着けて森の夜明けにひっそりと立つ

寄り添って生えれば木々のほとんどは日が当らない陰の集団
丸太いくつ椅子のかわりに並べられ誰も座らず朽ちてしまえり

老木の斜面にへばりつきたるは蜘蛛八本の足のごとき根
飛ぶ泳ぐ潜るただよう鴨たちに暗い夜明けの雨が広がる

伐られたる木をつくづくと眺むれば中には何も入っておらず
小池には小皺《こじわ》のような波が立つ魚がはねても鳥がおりても

岩々のあいだ上手にまわりこみハッポウスチロールの箱流れくる

八重桜色華やかに描きつつ画家の衣服は冬のままなり

白黒のブチの猫ではなかりけり木陰に休むはサッカーボール

森の木々東から来る風浴びて淡き緑をまとい始める

われの手にあまる大枝落ちてきて森の散歩も命がけなり

明け方の森の散歩は女性たちばかりなりけり何と早足

曇天も芝生明るしその光浴びて輝く青銅の馬
紅梅のあとに見たれば白梅は黄色に見ゆる曇天の下

曇り日の木々は静かに森の中みな平等に影の無きなり

青頭巾いずるがごとき森の闇秋成《あきなり》が文読《ふみ》みさして来ぬ

父さんと呼べば百人の父さんが振り返るらん　森の広場の

長靴に空蟬残し

長靴に空蟬《うつせみ》残し飛び立ちしかの蟬なるか長く鳴きけり

わが村になだらかな坂一つあり風呂屋は坂下寺は坂上

この橋にわが靴の跡今も在り担ぎ上げたる鉄筋いくつ

わが町に戦車通るを見たりけり五十センチも橋沈みたり

ひなげしが矢車草が咲きにけり小さき子らの住んでいた家

一家族減ってわが町わが班の過疎つづくなり四軒の今
腰痛むような形で歩みおり同級生であるこの人も

雪だるま土も加えて完成す炭の眼《まなこ》の面構え好く

百歳まで生きたる人の車椅子名の書きてあり捨てられており

木造の校舎は隙間風あれど日の射したれば暖かかりき

紙芝居の拍子木の音聞こえくるような気がする小さな広場

しわぶきの男ひとりが通りたり午前三時の仕事なるべし

風が来て風が止まって風が去る　そんな音なり　新聞配達

新聞を開けば折り目みしみしと木の音がする木の香り立つ

この坂をゆっくり下りてゆくならば信号ぴたり青になるべし

浅間山背後に雲のあるときはどんより重く雪の質感

水中花本当は水が嫌いらしたちまち色の褪《あ》せてきにけり

夜明け前森駆けめぐる幸せは遊びせんとや生まれたるわれ

潮騒を聞くと目覚めて我が家なり波の音にぞ木枯らしは似る

焼まんじゅう紡ぎまんじゅう恋まんじゅう土産の店に人間の知恵

足場組む人の足見る出窓越し何と大きな靴なのだろう

リフォームは西洋医学のごとくなりあちこち切り継ぎちゃんと蘇生す

ザリガニをえさにザリガニ釣れました　飢えて育った澄んだ青空

何もかも昔がよかったともいえず唸《うな》り入り来るかの隙間風
ザリガニも昔は腹が減っていた餌が無くてもよく釣れたもの

赤城山初冠雪の十二月八日旗艦《きかん》の赤城思ほゆ

思い出は飢餓と重なる真昼より明るき夜の敵機編隊

野の虫の声海原のごとくなり日暮れ降り立つふるさとの駅

転ぶかと見えし青鷺

転ぶかと見えし青鷺立ちしとき銀の魚をくわえていたり

虫食いの木の葉一枚虫も葉も命のありてかくぞなりたる
日輪の生まれ出でんともがくらし重なる木々に朱色乱るる

こでまりの白きに紋白蝶の来てとまれば蝶は灰色に見ゆ

ギンナンにまじり眼鏡の落ちており午前三時に拾いに来れば

土手の背にスズメノカタビラ延々と何処までつづくカタビラの数
コンクリの割れ目ぎっしり草萌えてそのみどりこそ目に優しけれ

日輪の出でてそのまま木漏れ日となりてしばらく木の中にいる

しなやかにつばさ振りつつゆく鷺の下の河原に鴉群れたり

西の風常に激しき上州や赤城東に傾きて見ゆ
浅間よりはるかに北に日のありて今日は夏至なり浮きしままなり

榛名山赤城の山のあわいなる谷川岳から真っ白な風
羽ばたいて流れ羽ばたきまた流れ白い鴉は北へと向かう

くちばしの閉じたるままに落ちて居りくちばしのみの鴉なりけり
本質は骨であるのか冬木立異形《いぎょう》鋭く天を刺したり

信号が赤に変わりて白バイの男の肩のつと下がりけり

信号の消えて車はおずおずと譲り合いつつ交差点越ゆ

死力尽くし紙飛行機の空中戦滞空時間競うだけだが
稲刈りしあとは広々白茶けて緑豊かは休耕田のみ

手も足ももちろん頭もこんがりと焼かれたような金色蜥蜴《とかげ》
捨てられてただの木切れとなるときも大黒さまは笑みを絶やさず

旧道は土手に尽きたり朽ち橋の斜めに伸びる川の真中

どんど焼き大きな達磨炎よりまろび出でたり目の描くなく

紺色の太き壺なりほのぼのと肌の明るく朝の近きや

信号のうしろに朝日浮かびたり動かぬ赤と動くその赤

サーカスの火の輪をくぐる縞馬のくぐれぬあれど拍手かわらず

みな若く生きているのが嬉しくて古き映画をまたも見るなり

野火猛る葦の下から跳び出して土手を越えたる兎の行方

透明な炎なりけりその上に緋《ひ》の色載せて野火迫り来る

利根の野火川に激しく打ち寄せて煙はなべて対岸へ飛ぶ

絶滅の危惧の狼

絶滅の危惧《きぐ》の狼千五百危惧を脱して狩猟好しとぞ

差別語の魚の名前変えるとか鳥はどうするああアホウドリ

許すという現在《いま》の言葉を信ずるや怒りは醸《かも》す時かけてこそ

半世紀余りを生きて我が抱く思い政治に届きたるなし
打たるるは嫌なり打つはなお嫌い庶民の我の庶民感覚

兵隊よススメススメの教科書はスズメスズメと思いいたりし
戦いの場所に行かされ死ぬかなし相手殺さばなおもかなしき

海ゆがみ津波を起こす　人ゆがみ他国を攻める　ゆがむ恐ろし
戦いの今わが国にあらざるをせめて思わん幸せなりと

下駄箱も四の字四四の字四四四の字無い病院の経営のジム
翻訳機も悩むなるらし竹島の韓国語訳不能と出でぬ

愛国心愛国無罪となりゆけば他国はすべて鬼が島なり
神の使徒荒野に向かい叫ぶとか荒野というは我ら民衆

菩提樹の下に修行を積むとても目覚めた人はただ一人なり
沖縄のゴーヤの苦味美味なるにあまりに苦き沖縄の位置

権力の何と哀しく長男も次男も参加出来ぬ葬儀と

もっと飛ぶ紙飛行機を持ってると弾道ミサイル引き出して来る

政権がどう変わろうとワッハッハわれらは水よ低きに溜る

最前席エレキギターの轟きは金属音の深き山襞《ひだ》

化粧してみんなが同じ顔になり若さどこかに忘れてきたか
水たまり出来る工事をしておいて解消工事するのも仕事

人間ははじき出されたような街　歩道橋にてお握り食べる
無灯火で飛んで来るのかミサイルも　溝に逃げても助かるまいか

心まで映す写真機もしあらば魑魅魍魎《ちみもうりょう》の群れかこの世は
狸など輸出するほど居る群馬　神田川ならニュースになるか

猿の面猿つけ踊る

猿の面猿つけ踊る人の面人つけて舞うちょっと不思議な

青猫と詩人名づけし憂鬱や路面電車の青きスパーク
サーカスのテントの横の塀の中干したる服の何と多きや

青き猫ポーの黒猫赤い猫いかに鋭き眼《まなこ》なるらん

いつのまに寿司屋がピザの店となり赤い小さな車が並ぶ

桐の花日々鮮やかになりくれば窓辺に近く退院の予感
部屋はみな南を向きて北廊下校舎のごとき家となりたり

高き木々すべてが赤き椿なる甘き香りの村に住みたり

引き出しも壁も真黒に描かれて　子ども部屋とか　どんな子の部屋

春の夜の夢まだ覚めぬあかつきに梁塵秘抄《りょうじんひしょう》の歌うかびくる
わだちには荘子《そうし》と語る鮒在りてまぼろしの水乾きつつあり

コンピューターに記載なかりしわが記録倉庫に捜し得たる年金

パソコンのメールをすべて消したれば冷たき風がふと顔に来る

台風の目のくっきりと日本橋中仙道を歩み来るらし
鍋かぶり頭守りし雑兵《ぞうひょう》のもしや先祖であるかもしれず

涅槃図《ねはんず》の青獅子鼻をゆがませて眼はまっすぐに釈迦を見ており

招き猫銭亀蛙福を呼ぶ動物たちが十二支に無し

定型を乗り越え大きな水たまりまわり道して戻る定型
文語には文語の音色口語には口語の響き三十一の文字

古希近く短歌始めて師を知らず　師とは大きな饅頭なるや
わたくしのわからぬ季語は「山笑ふ」どんな顔してわらうのだろう

風呂敷に包んだ資料を交換し裁判所とてのどかなるかな
ほろほろとページめくれば粉となる高校時代の啄木歌集

遠くでも近くでもなく未来でも過去でもなくて何を見る眼ぞ
いにしえの本読みたれば男たち貴族も武士もよく涙垂る

われ辞めつ君は残りつその君が黄河に橋を架けに行きたり
童話書く仲間は貧乏ばかりなり夢を追いつつ年とりにけり

永遠も無限も我ら生きものに縁なかりけり今日無事が好し

兎萩猿萩鹿萩狸萩狐萩など在りそうな秋

九十度口開けたまま木の上に眠る鰐なり落ちぬバランス

八百年秋のままなる絵のなかに蛙兎を転がしにけり

あとがき

二〇〇三年からほぼ十年、朝日歌壇や読売歌壇、毎日歌壇などの新聞、ＮＨＫのＢＳ、教育テレビに出たもの、神社仏閣への応募、「短歌研究」などの雑誌に載ったものの中から三百八十一首を選んで、短歌集としました。

二〇一三年秋

門倉まさる

著者略歴

門倉まさる

一九三九年、群馬県高崎市に生まれる。
群馬大学学芸学部人文科学科を卒業。
埼玉県立鴻巣高校、群馬県立前橋第二高校、高崎経済大学附属高校などで国語教師を務め、一九九八年に定年退職。
一九六二年に日本児童文学者協会群馬支部、虹の会を設立。二〇一三年現在、事務局長。同人誌「虹」は一二六号を数える。
一九八七年、童話集『チェンマイのシンデレラ』上毛新聞社
二〇〇一年、童話集『北アフリカ、西の地の果ての国の物語』文芸社
二〇〇三年、短歌集『十七歳』近代文芸社
二〇一三年、随筆集『短歌の風景』短歌研究社

検印
省略

二〇一三年十月十五日　印刷発行
短歌集
黄金《おうごん》の月《つき》
定価　本体一〇〇〇円
（税別）
著者　門倉《かどくら》まさる
郵便番号三七〇―一二〇八
群馬県高崎市岩鼻町二六五
発行者　堀山和子
発行所　短歌研究社
郵便番号一一二―〇〇一三
東京都文京区音羽一―一七―一四　音羽YKビル
電話〇三（三九四四）四八二二番
振替〇〇一九〇―九―二四三七五番
印刷者　豊国印刷
製本者　牧製本

ISBN 978-4-86272-360-4 C0092 ¥1000E